改變孩子未來的
思考閱讀系列 4

어린이 행복 수업-왜 사이좋게 지내야 해?

小學生的
人際關係
教室

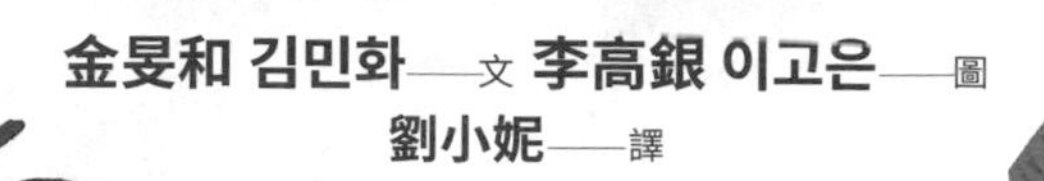

金旻和 김민화——文 李高銀 이고은——圖
劉小妮——譯

第一章 我喜歡這樣的自己

第二章　我和我的家人們

第三章 我想要好好交朋友！

第四章 我是男生！我是女生！

第五章 放下偏見，擁抱世界！

第六章　一起幸福的生活吧！

第一章

我喜歡這樣的自己

你覺得自己能夠跟身邊的人好好相處嗎？或是即使自己什麼都沒有做，也會被其他人欺負呢？為了跟其他人維持良好關係，首先，得改變自己。只是，在改變自己之前，也要知道自己是怎麼樣的人？以及知道別人為什麼會喜歡上自己？只有知道自己的特色，才能跟他人保持良好的關係。

哪一個才是真正的俊英？

「阿勝！等等我。」

放學後，阿勝在回家的路上，聽到後面傳來志偉的聲音。他停了下來，轉過頭，只見志偉氣喘吁

吁地跑過來，在阿勝耳邊小聲的說：「你有看過俊英的部落格嗎？」

「沒有，怎麼了？」

「你去看看吧！裡面都是髒話。」

「不可能吧？俊英是模範生，怎麼可能會罵髒話？」阿勝不相信志偉說的話。那個無論何時何地，如同陽光般笑臉迎人的俊英，怎麼可能會飆髒話？

「我沒騙你，是真的！我知道時也是嚇了一大跳。完全跟他平常的樣子不一樣。」志偉睜大著雙眼說。

「真的嗎？那我找時間看看是怎麼回事。」

回家之後，阿勝抱著好奇的心，點開俊英的部

落格，俊英使用的網路暱稱是「鐵面」。阿勝之前從來沒有想過原因，只是猜想可能是「鐵面」這兩個字聽起來很帥氣吧？

直到今天看了俊英的部落格，阿勝才知道這個暱稱有它的意義存在。俊英新成立的部落格，版面呈現大量的黑色與紅色，有種陰森、詭異的氣氛，看起來充滿憂鬱。網頁的個人資訊顯示為非公開，如果不清楚俊英的部落格網址，不會發現這跟他有關係。

如同志偉所說，上面全都寫滿憤世嫉俗，甚至不雅的字眼，不像是他們這個年紀會講的話。

「真是讓人意外！為什麼他要這樣做呢？」

阿勝忽然有個想法，如果他也不用原本的帳號，改申請另外一個新的，是不是也不會有人發現他是誰？他馬上申請新帳號，正好有一個玩遊戲的群

組，阿勝立刻加入。在那裡，他看到一個很熟悉的帳號——「鐵面」，那不就是俊英了嗎？

鐵面跟阿勝分別加入不同的團隊，鐵面在玩遊戲的時候會不停的爆粗口、說髒話，其他人叫他不要太過分。阿勝原本也打算叫他收斂一點，但不自覺也脫口而出難聽的話。這些話似乎刺激到了鐵面，他開始痛罵阿勝，阿勝也不甘示弱的回嗆，最後，兩人都被管理員強制踢出了遊戲群組。

過沒多久，阿勝跟鐵面又在其他的群組內「相遇」，兩人線上見面，就開始罵來罵去。經過十分鐘，阿勝突然意識到自己根本在做沒有意義的事情。

於是，他馬上問鐵面：「你是俊英吧？」鐵面停了一下，然後問：「你是誰？」

阿勝本來已經打上了自己的名字，但又刪除了。阿勝不想報

出名字，因為他覺得今天這樣的「他」，並不是真正的自己。可是，他又有種不想輸的心情，於是寫道：

「看不到臉之後，會變成完全不同的人吧？」

不久前，鐵面還在瘋狂飆髒話，現在卻變得很安靜。接著，他就離開了那個群組。

阿勝不禁在想，那真的是俊英嗎？在學校的俊英是那麼親切，在網路世界卻不一樣。那麼，哪一個才是真正的俊英？

跟今天碰到的俊英比起來，阿勝覺得他比較喜歡學校裡那個待人有禮，親切的俊英。

每個人都有不同的一面

如果你問周圍的人：「你是個什麼樣的人？」恐怕很難用一句話就完整回答。因為，當我們跟朋友在一起時，可能會很搞笑，可是在陌生人的面前，卻變得非常文靜。平時可能心太軟，不好意思拒絕別人，一旦生氣的話，就會立刻大暴走！人在不同的狀況下，會有所改變，所以真的很難用簡單一句話代表一個人的全部。

不過，這並不是壞事，因為本來就沒有人只擁有一種樣貌，只是某些樣貌是平時顯露出來的。當遇到某些特殊情況時，才會顯露出跟平常不一樣的另一面。

我們的情緒和行為會隨著不同的條件而改變，當遇到的人、事、物不同時，感受也會有所不同，自然會做出不同的行為。

重點並不在面對不同的狀況時，會表現出不同的面貌，而是利用這種藉口，故意展現不好的自己。例如：當沒有人看到或是認識自

己的時候，就故意做不好的事。

還有，即使知道那麼做是不對的，但是，因為其他人都那樣做，所以自己也跟著那樣做了。

我們所展現出來的一面，雖然會隨著不同的情況而有所改變，可是有些行為，是不管遇到任何情況都不被允許的。

我們可以努力維持自己良好的一面，同時改掉那些不好的，像是會給他人帶來傷害的另外一面。

成為自己想要的樣子

雖然我們在不同的時間、地點，會有不同的形象，但這些不同的面貌是有「一貫性」的。我們不可能像「化身博士」或是「綠巨人浩克」那樣，外表變成完全不同的人，我們會因為維持一貫性而擁有自己的評價。

比方說，擁有正面評價的人，因為別人認為他可以表現得很好，所以不管何時何地，他都會努力想辦法成為符合正面評價的形象。相反的，當一個人被貼上負面評價，就會覺得即使自己展現出不好的一面也沒關係，因為自己原本就是如此。

面對自己的能力也是一樣，對自己評價很高的人，不會害怕去做任何事，他們總是勇於挑戰，想辦

法突破困難。

相反的，認為自己總是失敗的人，就很容易做出跟自己想法一樣的結果。因為有了「負面的期待」，會讓他做出「符合」負面期待的行為。

有時候，人們會認為「評價」是他人所給予的，所以就算自己並不喜歡，還是會在他人面前表現出良好的一面。可是，這種違背自己意願或想法的狀況，無法維持長久。因為比起借助他人的力量才能夠讓自己擁有正面的評價，還不如自己創造。因此，把自己打造成自己想要的樣子，才是最重要的。

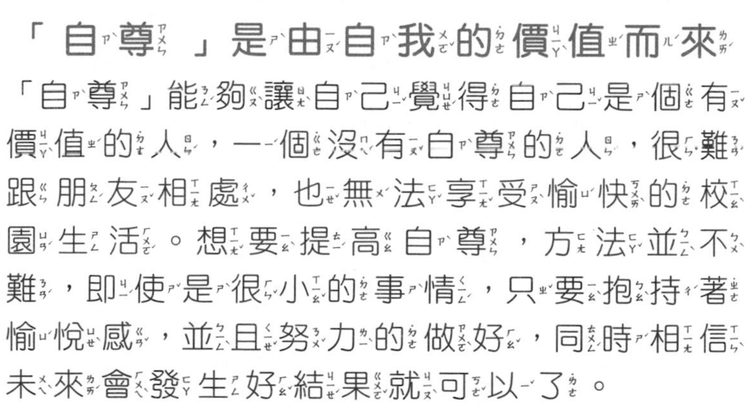

「自尊」是由自我的價值而來

「自尊」能夠讓自己覺得自己是個有價值的人，一個沒有自尊的人，很難跟朋友相處，也無法享受愉快的校園生活。想要提高自尊，方法並不難，即使是很小的事情，只要抱持著愉悅感，並且努力的做好，同時相信未來會發生好結果就可以了。

認錯的勇氣

每個人都有想要隱藏或改變的一面，也有必須要這麼做的理由。比起表現出良好的一面，想要改掉不好的部分反而更困難。比如說：不要捉弄朋友，或是不要跟爸爸媽媽頂嘴，這些都比幫助朋友或乖乖聽爸爸媽媽的話還要困難，為什麼呢？

這是因為我們會將自己的行為「合理化」，像是跟朋友打架，就會認為那是因為對方先捉弄我，他先對不起我，我才不得不打他。這種想法，就是在為自己的行為合理化。

我們想這麼做的原因，是因為那些發生過的事情，已經不可能改變了，或是想要改變的話，需要付出相當大的代價。我們習慣為自己的行為找到正當

的理由，並且希望自己不會被別人質疑。但是如果長遠來看，這樣反而讓自己，還有身邊的人更痛苦。而且，之後還可能為此付

出更大的代價。

如果為了讓不好的行為變得「正當」，而一直改變自己的想法，可能會提出不合理的藉口，或是找出更多

不恰當的證據來解釋自己的行為。

所以，具備認錯的勇氣是非常重要的，最好在事情變得不可收拾之前，盡可能的修正改過。

承認自己做錯，或有過失，一開始會感到難受，但那只是短時間的事情而已。身邊的人如果看到自己承認過錯，並且努力修正的話，也會給予更多的讚美和肯定。

小團體引起的問題

進行足球比賽時，如果我們的前鋒踢到後衛的小腿，我們會認為這只是無心的失誤。但是，如果前鋒是對方的隊伍，就會認為這是故意犯規。為什麼明明是同一件事，我們會產生不同的想法呢？

人們在思考事情時，往往會為自己，或自己所屬的團體著想，這種傾向會拉低對方的評價，甚至無條件的認為自己比對方更好。

類似的小團體心態會引發嚴重的問題，像是霸凌或種族歧視等。他們會給予自己所屬的團體特權，而且只

允許自己人獨享，然後將其他人排除在外。

可是，組織小團體的結果，也可能面臨其他團體的排擠，或受到不公平的待遇。

想要解決這個問題，不妨把「我們」放大來看，就會明白那些斤斤計較的我們，是包含在更大的我們之內。打開心胸，就會發現每個人雖然有些微的差異，但其實存在更多的共同點。

從自卑到自信的歐巴馬總統

所謂的「成功」，並不能用來判斷一個人是自信還是自卑。每個人或多或少都會有自卑感，能否克服自卑，跟你付出多少努力有關。

美國第一任黑人總統歐巴馬就是克服自卑的最

佳榜樣。他是非裔混血兒，父母離婚後，就跟爺爺奶奶一起度過了童年，貧苦的家境是他感到自卑的原因。但他接受了自己的生長環境，還有他跟其他人存在的差異。為了跨越這些差異，他開始尋找自己的優點。

籃球是他克服自卑感的突破口，他的朋友們看到他很會打籃球後，開始對他釋出善意。後來，他又發現自己擅長傾聽，同時擁有讓其他人聽自己說話的才能。這也是為什麼在他成為美國總統之後，他的談話總是能夠成為感動全世界的經典演說。

如果歐巴馬小時候只會不斷怪罪自己生活的環境，他根本不可能成為美國總統。相反的，即使感到

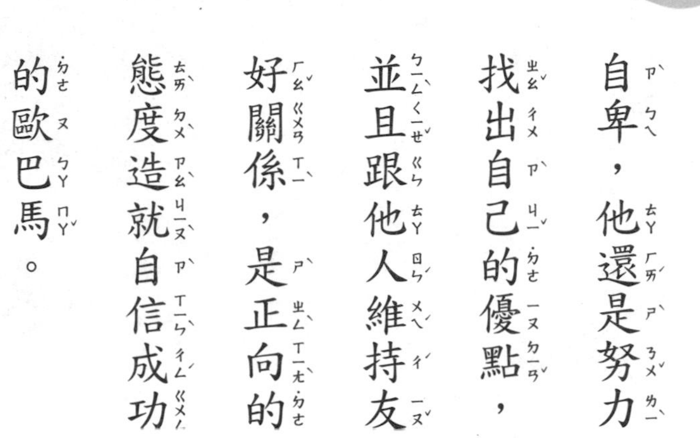

自卑，他還是努力找出自己的優點，並且跟他人維持友好關係，是正向的態度造就自信成功的歐巴馬。

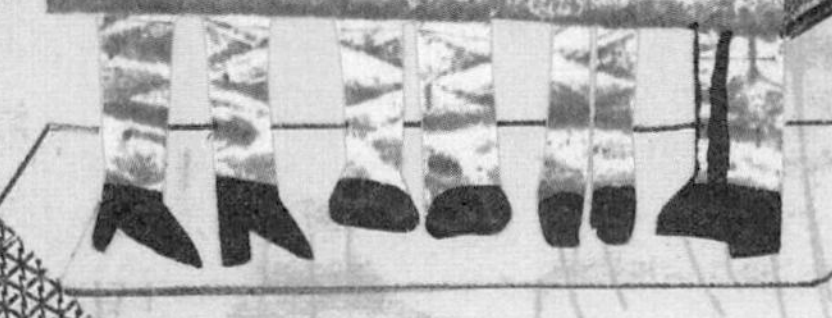

第二章

我和我的家人們

在我們進入社會之前，會先通過家庭學習到許多事情，像是體驗到愛、討厭、嫉妒、互相幫忙和關懷等。正因為家庭是我們的保護網，所以我們可以在裡面安心的學習，不管是好還是壞的情緒。所謂的家庭不是一個人扮演主要的角色，而是所有的家庭成員要一起創造的環境。

令人失望的家庭聚餐？

「我們好久沒有到外面來吃飯了。」媽媽站在餐廳門口，開心的笑著說。

在爸爸結束長達兩個月的出差後，我們一家四口到餐廳吃飯，選擇坐在靠近窗邊的位置，可以看風

景。但大家剛坐下來，就各自拿出手機。爸爸上網看新聞，媽媽則是開始拍餐廳的各個角落。

「來，笑一個。表情自然點，這張會放在臉書上面！」我望著媽媽的手機鏡頭，比了個V字，還把臉頰盡可能鼓起來笑著。拍完照後，我馬上在同學的聊天群組內打卡：「我現在正在餐廳吃飯！」

朋友們紛紛傳來各種表情圖案，我回話的同

時，看了一眼身旁的弟弟，他正在用手機玩遊戲。

「請問要點餐了嗎？」

聽到服務生的詢問後，大家才放下手機，開始看菜單。媽媽從錢包內拿出優惠券，問道：「你們要吃什麼？吃什麼好呢？」媽媽雖

然這麼問，但是好像沒有要我們回答的意思。

「如果點套餐的話，可以打折嗎？」即使已經有優惠券了，媽媽還是繼續打聽是否有其他折扣。

「孩子們想吃什麼，就點什麼吧？」爸爸雖然這樣說，但是他的眼睛始終看著手機。

我說：「只要不是媽媽點的，我都可以。」

「什麼，你這孩子在說什麼？」

咦？我只是在開玩笑，可是媽媽好像真的生氣了，我的玩笑開過頭了嗎？

最後由媽媽負責點餐，每一道菜，她都會拍照。

「來，好好的吃！」

媽媽把食物切好，分裝在我們的盤子，叫我們專心吃。可是她一接到朋友電話，就開始聊天：「哪裡的食物好吃……擔心變胖……」聊了半天，最後也沒有忘記炫耀一下我們正在餐廳吃飯。

這時候，隔壁桌傳來呵呵的笑聲，我轉頭一看，看到另外一個家庭來餐廳吃飯。跟我們家的氣氛完全不一樣，他們一邊笑一邊聊天。

於是，我放下手機喊了一聲：「爸爸！」我想知道爸爸這次出差有沒有遇到好玩的事情。

「嗯，等一等！我先看一下這個資料。」爸爸一直在用手機工作。就在這時，媽媽站了起來。

「好，都吃完了嗎？我們回家吧！」

爸爸和弟弟眼睛始終沒有離開手機，就像機器人那樣的站了起來。

「出來餐廳吃飯，很棒吧？」媽媽摟著我問。

我一時不知如何回答，走出餐廳時，我再次看了一眼隔壁桌的家庭，他們還在開心聊天。為什麼別人家有那麼多話可以聊？我們家卻無話可說呢？

做家事是誰的責任？

即使是一家人，也不可能隨時隨地都能夠和睦相處吧？有時候，弟弟比朋友更討人厭，爸爸媽媽也比其他人感覺還要陌生。難道是因為我的弟弟，或是爸爸媽媽很糟糕，我才會這樣覺得嗎？

認真的回想，當家人無法滿足自己的期待時，就會產生衝突。例如：哥哥會因為對方是弟弟，就希望弟弟能夠聽自己的話，但事實並非如此。或是，因為對方是爸爸媽媽，就希望他們能夠溫柔的對待自己，結果反而被責罵。

家人之間，有必要清楚的說出對於對方的期待，還有，彼此討論有沒有可能滿足那些期待，或是要做到那些期待有沒有困難？因為，當大家沒有考慮對方，就只會從自己的立場提出要求。

像是做家事，有些家庭成員會覺得媽媽做這些事是理所當然的，但如果可以轉換想法，尊重媽媽也有自己的工作或其他安排，是不是更好？也可以想想看，媽媽做家事時，會需要哪些幫忙？大家就可以進一步討論，找出合適的分工方法。

隨著社會的改變，家人的角色也跟著改變。爸爸在外面工作賺錢，媽媽只能在家做家務事的想法，已經是舊時代的觀念了。越來越多的女性進入社會，所以雙薪家庭也越來越多。由夫妻一起處理家務事以及育兒，也成為現代家庭要「學習」的事情。

當這些改變出現時，如果無法接受新角色的責任，家庭就會產生衝突。像是媽媽需要其他家人一起幫忙家務，可是其他人卻認為家務是媽媽一個人的責任，沒有人願意主動幫忙。這樣一來，衝突就會越來越常發生。

為了家庭的和睦，不只是要做出符合對方期待的行為，還需要了解彼此正在改變的角色，並且主動去理解對方。

家人之間也需要「界線」

家人之間，需要設定界線，這裡說的界線，不是指將對方隔絕在外，不准他靠近的那種界線。

當你遇到不合理的事情，或是做出不符合學生本分的事，會聽到「不要越線」這句話。「線」指的是「界線」，而家人之間的界線，是指家庭成員間的

尊重每一位家庭成員

家人之間彼此尊重是很重要的，丈夫和妻子在不干涉對方領域的前提下，尊重彼此的權利。父母不要認為孩子還很小就無視他，子女要尊重父母，兄弟姊妹也需要彼此尊重。

行為要符合本分。彼此尊重各自的私人領域，培養獨立生活的能力。「越線」代表不清楚各自的角色。

例如：早上起床準備上學、寫作業等，不是爸爸媽媽的事吧？可是，有些爸爸媽媽擔心兒女無法做好這些事情，就會主動幫忙處理。甚至有些父母還會代替兒女做學校作業，或處理其他學習上的問題。這時候，父母和兒女之間的界線就消失了。

清楚設定界線的家庭成員們，才能夠獨立過各自的生活，同時保持對彼此的關心。規範是為了能夠讓大家維持各自的領域。

大多數的規範即使沒有說出口，也可以在生活中自然的學會。也有些規範必須要明確的說出來，讓家庭成員了解並遵守。一旦規範被破壞或是界線模糊，就容易產生衝突。

學習說出真心話

大家都認為家人之間需要對話，可是，並非所有的家庭成員都可以好好的對話。越是關係親暱的人，越會認為對方應該要知道自己在想什麼。即使沒有說出口，對方也應該了解。其實，這是一個很大的誤會。

正因為這種誤會，讓大家沒有說出真正的話，而是說出會讓人誤解的話，像是：「你為什麼不明白媽媽的心？」「爸爸明明都知道，為什麼還要那樣做？」這些會讓人傷心的話，都是因為誤以為家人知道自己內心真正的想法，而產生的誤會。

打個比方，當你看完一部電影，或是一本書後，會跟朋友分享吧？這時候，就會發現每個人對於主角為什麼那樣做，以及主角的心態都有不同的看法。那是因為即使大家看到相同的事情，但是對於裡頭所刻劃的人物和觀點，會產生不同的想法和見解。

家人之間也是如此，即使面對相同的事情，大家關心的部分不同，就會產生不同的見解和反應。假如父母只關心結果，兒女只關心理由的話，自然會產生爭吵。

因此，在對話時，一定要記住家人們對於相同的事情，還是會有各自不同的看法。

不要只站在自己的立場上，去責備對方或是覺得不公平，而是要找出彼此想法中有哪些相同、哪些不同的地方？

理解之後，並不是要爭執什麼事可以做？或是什麼事不可以做？而是要找出能夠讓雙方好好對話的方法。

當家人之間能夠好好對話時，就可以更愉快的溝通，也可以得出令人滿意的結論。

為什麼我的「家」不一樣？

現代的社會，家庭的形態也產生了改變，那是因為人們開始改變想法。最近人們不再認為家人一定是要結婚之後，生下具有血緣的孩子才叫「家庭」。父母再婚，即便沒有血緣關係，也可以成為家人，領養小孩的家庭也逐漸增加。

現在也不再認為所謂家人就一定要住在一起，有可能因為離婚、分居，或其他原因而分開居住。有許多人因為子女的教育，夫妻選擇分開居住，也有夫妻因為彼此工作的關係而必須分開住。

隨著時代演進，社會越來越多元，多文化的家庭也越來越多，「多文化家庭」是由不同種族或文化背景的家庭成員所組成的。

不要跟別人的家庭做比較，每個家庭都有屬於自己的幸福。欣然接受不同型態的家庭樣貌，才能夠讓我們生活的世界更加溫暖。

需要愛的小猴子

親子之間是什麼把父母和子女緊緊聯繫在一起呢？是送子女到昂貴的補習班、是給予美食、漂亮的衣服，還是打造一個安樂的家？

心理學家哈洛（Harry Harlow）做了一個猴子

實驗，他想知道小猴子對「母親」有什麼期待？

他準備兩個假的母猴，一個是有掛奶瓶，用鐵絲做的母猴，另外一個是沒有奶瓶，以絨布做的母猴。接著，他把小猴子也放進去，觀察牠的行為。

一開始，小猴子會去找有奶瓶的母猴喝奶，但是，大部分的時間都是抱著用絨布做成的母猴，只有肚子餓的時候，才會去找鐵絲做的母猴。

後來，哈洛還放入會發出巨大聲音，並且跑來跑去的機器人，被嚇到的小猴子馬上跑去抱緊用絨布做的母猴。

通過這個實驗，哈洛博士得出結論，對於小猴子來說，比起喝奶，牠更需要接觸和安慰。

人也是如此，只給予食物是遠遠不夠的。子女會期待父母溫柔的擁抱自己，在發生困難時，給予安慰。反過來說，父母對於子女有什麼樣的期待呢？是只要好好讀書嗎？父母其實也需要溫柔的愛與慰藉。因為愛，家人才得以緊緊連在一起。

第三章

我想要好好交朋友！

隨著年齡增長，跟朋友相處的時間越來越長，交朋友也成為校園生活很重要的事情，因為朋友關係是家人以外的第一個社會關係。可是，有時候比起交新朋友，跟原本的朋友好好維持關係更難。為什麼會這樣呢？要怎麼做才能夠解決朋友間的衝突，並且保持良好關係？

運氣不好的一天

到了體育課的時間，我才突然想起早上把洗乾淨的體育服放在床上，忘記帶出門，該怎麼辦呢？

「快點出來！」

朋友們已經在催促了，我急急忙忙的走出教室，站在走廊上猶豫不決，一邊走來走去，一邊擔心如果沒有穿體育服，可能會被老師罵，這下可慘了！

「你在做什麼？」

同學阿忠因為急著走過來，被我的腳絆倒。

「啊！對不起。」我急忙說。

「說聲對不起就可以了嗎？」

即使我道歉了，阿忠還是不肯放

過我。如果是平時的話，我一定會跟他力爭到底，但是今天我只是保持沉默，然後趕緊離開。因為我不想被老師罵，已經沒有穿體育服了，居然還遲到？

在操場排隊時，老師的視線在我身上停留了很久，但是並沒有發脾氣。我心想：「幸好今天運氣還不算太差。」

接下來，我們開始進行躲避球比賽，阿忠和我分屬不同隊，因為我故意選擇跟他不同邊的隊伍。

球被大家傳了好幾回之後，到了我的手上。輪到我們的隊進攻時，看到阿忠身影的一瞬間，我的內心突然升起怒火！

「等著瞧！阿忠！讓你瞧瞧我的厲害。」

我原本打算忘記剛才的事，但是，我的內心還是充滿怨氣。於是，我把球瞄準了他，就在這時候，聽到身邊的同學們大喊：「先瞄準寶兒！」

怎麼辦？其實我比較想把球砸向阿忠，但是，我沒有自信能夠打中他。於是，我聽從大家的意見把球丟向寶兒。沒想到身手矯健的寶兒馬上接住球，還得意的咧嘴一笑。

同學們開始鼓譟：「你怎麼不用力瞄準啊？」

真討厭！我明明聽從了大家的意見，但他們還是指責了我，都是因為聽了他們的話才會變成這樣。今天從早上開始就不順利，我又改變想法：「今天真是運氣不好的一天！」

為什麼我總是不好意思說「不」？

有時候，朋友之間會有難以拒絕的事，像是中午吃太多，肚子還非常飽，但朋友在放學時，又提議要一起去吃牛肉麵。或者參加活動時，同學提議做一些我不太擅長的事，這種時候，真的很難拒絕。

為什麼我們會不好意思說「不」呢？那是因為

人們習慣跟所屬的團體一起行動。說得更直接一點，就是如果不跟他們一起行動，不去附和他們的話，會擔心自己被排擠而感到不安。

可是，當大家鼓噪的事情是不對的，例如同學們打算欺負某個同學，但我並不想這麼做，這時又該怎麼辦？有什麼方法可以幫助自己不會因為多數人的壓力採取行動，而是根據自己的判斷做出決定呢？

首先，要先想到後果。想想那位同學被欺負的話，他一定會很痛苦、難受，他還有可能像之前那樣，開開心心的來學校上課嗎？

接著，比起眾人的意見，應該先想一下更大的規範或價值。同學被欺負，痛苦的來學校，這樣的事是正確的嗎？大家想做的事，跟你想做的事，兩者之間何者正確？

學習進一步思考問題，就會明白我們不是永遠都需要聽從多數人的話。

我們需要的是說「不」的勇氣，即使可能會因此而遭到排擠。但是，有勇氣才能夠堂堂正正的主張和實行自己的意見。

誰說相似的人才可以當朋友？

你有聽別人說過自己跟好朋友的裝扮或個性很像這回事嗎？不只是說話或行為，甚至連長相和穿著都有可能相似。那麼，是因為親近才變得相似，還是因為彼此相似才變得親近呢？

人們會希望自己長久以來的行為模式、價值

觀，以及面對事物的情緒能夠維持，會希望自己的樣貌能夠維持一貫，如果改變的話，就會感到不安。因此，見到跟自己相似的人就會感到安定，如果遇到跟自己不同的人就會感到不舒服。於是，就會慢慢變成習慣跟自己類似的人相處在一起。

朋友之間形成的小團體，也是先從跟自己相似的朋友開始。一旦形成了小團體，就很難讓不同類型的人加入，那是為了不想讓原本因同類而相聚在一起的團體失去平衡。

那麼，不同類型的人就無法成為朋友了嗎？不一定，也有許多人會因為喜歡彼此間的差異，就和對方成為朋友。在這種情況下，一開始看起來具有魅力的朋友，常常讓自己感到不舒服，就有可能產生想要改變朋友的想法。

如果成功讓朋友跟自己越來越像的話，就有可能變成最親密的朋友。但是，如果這種不舒服的感覺持續擴大，等到難以忍受時，朋友關係就會破裂。

想跟朋友維持長久關係，不要認為彼此不同是問題，而是要「認同」。比如說我喜歡黃色，但朋友不喜歡也沒關係，互相禮讓，這次選紅色，下次選黃色，說不定哪一天，兩個人都同時喜歡上紫色呢！

令人討厭的親密朋友？

即使是要好的朋友，偶爾也會有討厭的時候，即便好朋友並沒有做錯什麼事也會這樣。仔細想想，這也不是沒有原因。

大家是否也有類似的經驗

呢？最好的朋友數學考得比自己好，或是去唱歌的時候，朋友的歌喉總是能獲得許多人的稱讚。雖然可能有其他人比自己的好朋友更厲害，但是，為什麼我們會更介意自己的朋友表現很好呢？

這裡面其實有一個讓人不開心的「真相」，那就是自己也希望跟自己的好朋友一樣強。

當別人比自己還厲害時，有時候說聲「好羨

慕」就結束了。但是，自己擅長的事，朋友也很擅長時，那就不一樣了，特別是雙方的關係很親近時，更容易如此，會產生我希望自己做得比朋友好，甚至希望朋友能夠搞砸那件事的不好想法。

我們之所以會跟朋友產生競爭的心情，或是嫉妒朋友，原因出於在意別人的視線和評價。我們會擔心別人在評價時，把「我」跟身邊的「朋友」互相比較，而每個人都想得到更多的認同和讚美。

雖然對朋友會產生嫉妒是很自然的事，但也不能太過分。換個角度想，你的朋友很有魅力，也代表你自己同樣很有魅力，你們才會成為好朋友。

前面我們已經提到過，彼此相似的人會成為朋友，因此，請幫朋友的優點拍拍手、鼓鼓掌，這樣一來，你也會收到別人的讚美。

相互較勁的好朋友？

比起遠在天邊的人，我們更容易對身邊的人產生嫉妒。很少看到有人會嫉妒藝人或名人吧？那是因為不論他們多美、多帥氣，也不會出現在自己身邊。因此，嫉妒通常是發生在可能會跟自己形成對比的人身上。

成為人氣王的祕訣

是不是有些人身邊總有許多人圍繞著？這時候，就會產生想跟那個人成為朋友，而且希望自己也能夠被大家喜歡的想法。可是，這一點卻很難做到。究竟能夠成為「人氣王」的祕訣是什麼呢？

心理學專家曾做過研究，發現人緣越好的人對於他人的困難越有同理心。即使他的能力很強，也不會炫耀，同時也懂得稱讚和安慰他人。因此，擁有人氣的祕訣，是能夠「讀懂朋友的心思」。成為受歡迎的人氣

王，並不是與生俱來的能力，我們也可以試試看。做自己從沒做過的事情，一開始或許會感覺彆扭不自在，但是彆扭是可以克服的，只要時間久了，越來越熟練之後，不自在的感覺就會消失。

用親切的態度對待朋友，好好傾聽朋友說的話。遇到困難的事情，主動站出來幫忙，慢慢地，你的人氣自然會越來越高。

校園暴力的原因

在美國，校園暴力的嚴重程度不亞於任何犯罪，常常發生震驚全世界的校園暴力事件。有心理學者為了找出校園暴力的原因，調查了十五件校園暴力，包含失去四十條人命的嚴重事件。調查結果發

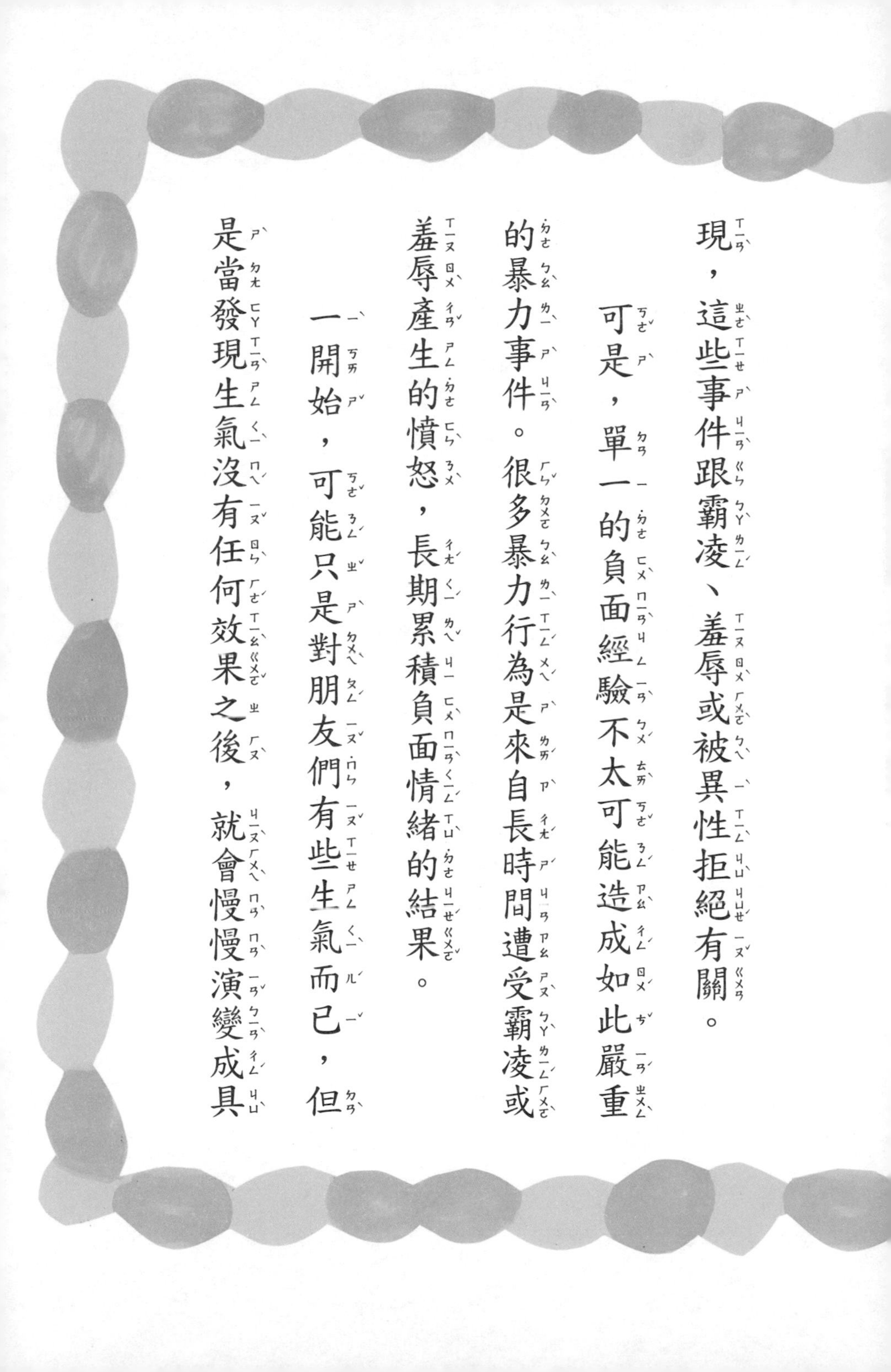

現，這些事件跟霸凌、羞辱或被異性拒絕有關。

可是，單一的負面經驗不太可能造成如此嚴重的暴力事件。很多暴力行為是來自長時間遭受霸凌或羞辱產生的憤怒，長期累積負面情緒的結果。

一開始，可能只是對朋友們有些生氣而已，但是當發現生氣沒有任何效果之後，就會慢慢演變成具有攻擊性的激烈手段來表達憤怒。

研究發現，這些校園暴力不能全部怪罪在加害者身上，因為長時間累積失敗和挫折而產生的暴力，周圍所有人都要負責任。也就是說，學生的父母、老師，以及同儕都是「共犯」。

想要治癒長時間受創的內心，需要更長的時

間。改變關係可以從彼此擁抱和接納開始，因為小時候被排擠或羞辱的經驗，很可能會讓任何人在未來成為可怕的校園暴力加害者。

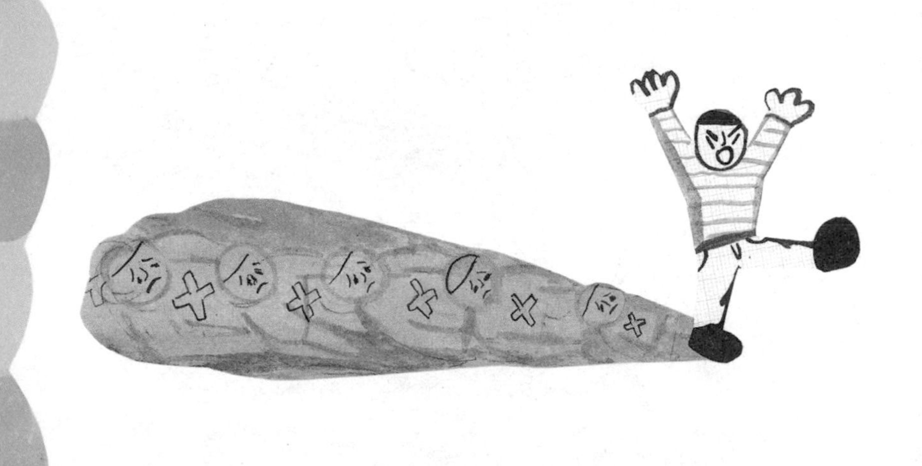

第四章

我是男生！我是女生！

男生和女生一定有所區別嗎？現在，已經不再是以前那種二分法的觀念了，不過，至今男女之間依然存在差別待遇。那麼，男生、女生到底有什麼不同？性別上，有好壞的分別嗎？男生和女生，能夠沒有隔閡，一起好好相處嗎？

我喜歡花襯衫

「你在做什麼，為什麼這麼久還不出來？」

媽媽的催促聲越來越急躁了，可是，如果我沒有用髮膠把頭髮抓好的話，根本不可能出門。這種感覺，就像只穿了內衣就出門……我還在抓頭髮的時

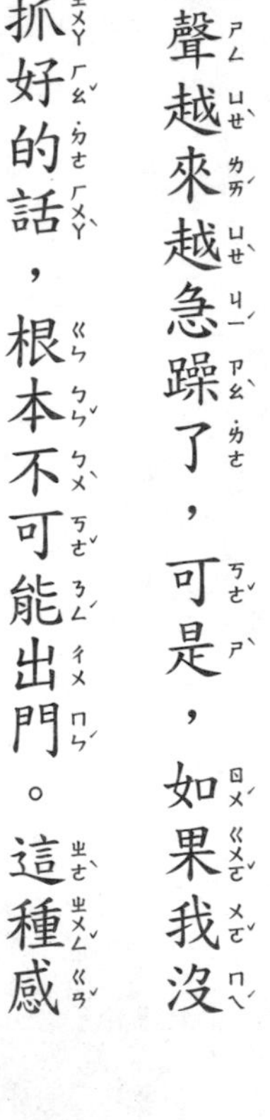

候，媽媽不知何時，來到我房間拍了一下我的後背。

「一個大男生站在鏡子前面，竟然看到忘記時間了！」

我滿臉不安的回頭看，媽媽又繼續說：「女孩子愛漂亮，才會在鏡子前面看來看去。」媽媽說話的時候，甚至想要弄亂我的頭髮。

我趕緊擋下媽媽的手，說道：「照鏡子而已，為什麼還要分女生、男生？」不論男生還是女生都可以好好打扮自己，不是嗎？

半推半拉，媽媽就這樣帶著我出門了，我和媽媽要去的地方是百貨公司。最近我長高了，很多衣服都不能穿，所以媽媽說要買新的衣服給我。

我看到許多好看的衣服，心情馬上變好。可是媽媽卻一直叫我試穿普通的藍色襯衫，我一點也不喜歡那種衣服。

「我喜歡這件。」我拿起了一件印有華麗花朵的襯衫。

「那件是女生的衣服吧？」媽媽馬上皺起眉頭。

「這是男生的衣服啊！」專櫃的姊姊熱心介紹。

「真的嗎？現在真的很難區分女生和男生的衣服。」媽媽皺著眉頭說。

「男生也可以喜歡華麗的衣服，所以也有很多這種款式的男裝！」專櫃的姊姊補充說明。

突然間，媽媽注意到我挑選的花襯衫，跟專櫃姊姊身上穿的是同一件，她嚇了一跳。

專櫃姊姊反應很快的解釋：「買這件的話，媽媽也可以一起穿呢！最近衣服沒有分男生、女生，最重要的是個人特色。男生穿的話就是男生的衣服！只是尺寸不同而已。」

媽媽還是一臉不太情願的樣子，不過，因為專櫃姊姊的能言善道，媽媽最後還是買了這件花襯衫。

其實我很想跟媽媽說：「男生、女生的二分法審美標準，已經是落伍的觀念了。」

沒想到媽媽突然冒出一句話：「你買的這件衣服越看越好看，讓媽媽先穿看看吧！」

看來我得先想辦法守護這件花襯衫了！

男女大不同？

會把男生、女生分開，是很自然的事，因為男生、女生從出生在生理方面就不一樣了。男生和女生身體上的差異，決定誰能夠懷孕、生小孩。

到了青春期，男生的睪丸會產生精子，女生的卵巢中會產生卵子。女生會發育成為可以懷孕、生小

孩的身體，跟男生有很明顯的不同，

另外，男女的差異除了生物方面的不同，也常常關係到「社會的差異」。我們在成長過程中，會學習到跟「性別」有關的生理知識，以及男生和女生應該有的行為和態度。

在大多數的情況下，兒子會跟爸爸學習男生的角色，女兒則跟媽媽學習女生的角色。同時，大家也可以從電視或電影中的人物，學習到男生和女生的角色，或是在成長過程中，根據外在社會所期待的性別角色，來改變自己的行為。

我們會區分男女間的差異，要求自己扮演適當的性別角色，多是因為教育制度、社會意識等規範帶來的影響。這些性別角色的規範，部分來自於男生和女生的生物差異，部分則是別人的「期待」。

在一個社會當中，社會的規範和制度是社會的成員們共同形成的。因此，只要改變社會的規範和制度，性別角色也可以被改變。

性別角色來自別人的期待

我們會通過自己所處的文化，來學習男生或女生的概念，也就是會根據自身所處的文化中，認為男生和女生應該展現的外貌、態度和行為，慢慢培養出自己的特色。過去的文化跟現在的文化很不一樣，所以，以前的男生和現在的男生當然也會不一樣了。

男生　　女生

像男生？還是像女生？

看著剛出生的嬰兒臉蛋，很難區分是男生還是女生吧？現在，即使是成年人也不太容易區分男女。花美系的男藝人會把頭髮燙捲或染髮，還會把眉毛修得美美的，也會化妝，有時候甚至還會穿裙子。這些現象不只是出現在電視上，走在路上也常常會看到難

橄欖油

以用外貌區分生理性別的人們。

現在也很難用職業來區分男女，以前人們認為只有男性才能擔任的太空人、卡車司機、機器修理師等職業，如今也有女性從事這些職務。過去主要是女性擔任的美容師、護理師、廚師等職業，現在也常看到男生選擇這類工作。甚至女性也可以當總統，現代女性已經被認可能夠擔任社會地位較高的工作了。

男生在外賺錢，女生一定要在家做家務的想法，已經是過去的觀念了。現在也有家庭是爸爸沒有出去上班，在家負責家務、照顧兒女，在職場上班的媽媽也越來越多了。跟家庭有關的事情，不分男女，是大家要一起分擔的。

「像男生」、「像女生」這些用詞的定義也在改變中。以前，只有那些看起來長得勇猛、有強烈競爭心並且主導一切的人，才會被認為是帥氣的男生，現在則越來越多人喜歡溫柔、感性又細心的男生。

女生的情況也是如此，比起以前那種害羞、沒有自我主見的被動性格，現在越來越多人認為能夠主動積極、創新挑戰的自信女性更有魅力。

不過，並不是說男女一定要顛倒過來，只是現在已經不能光從外表或職業來區分男女的角色了。

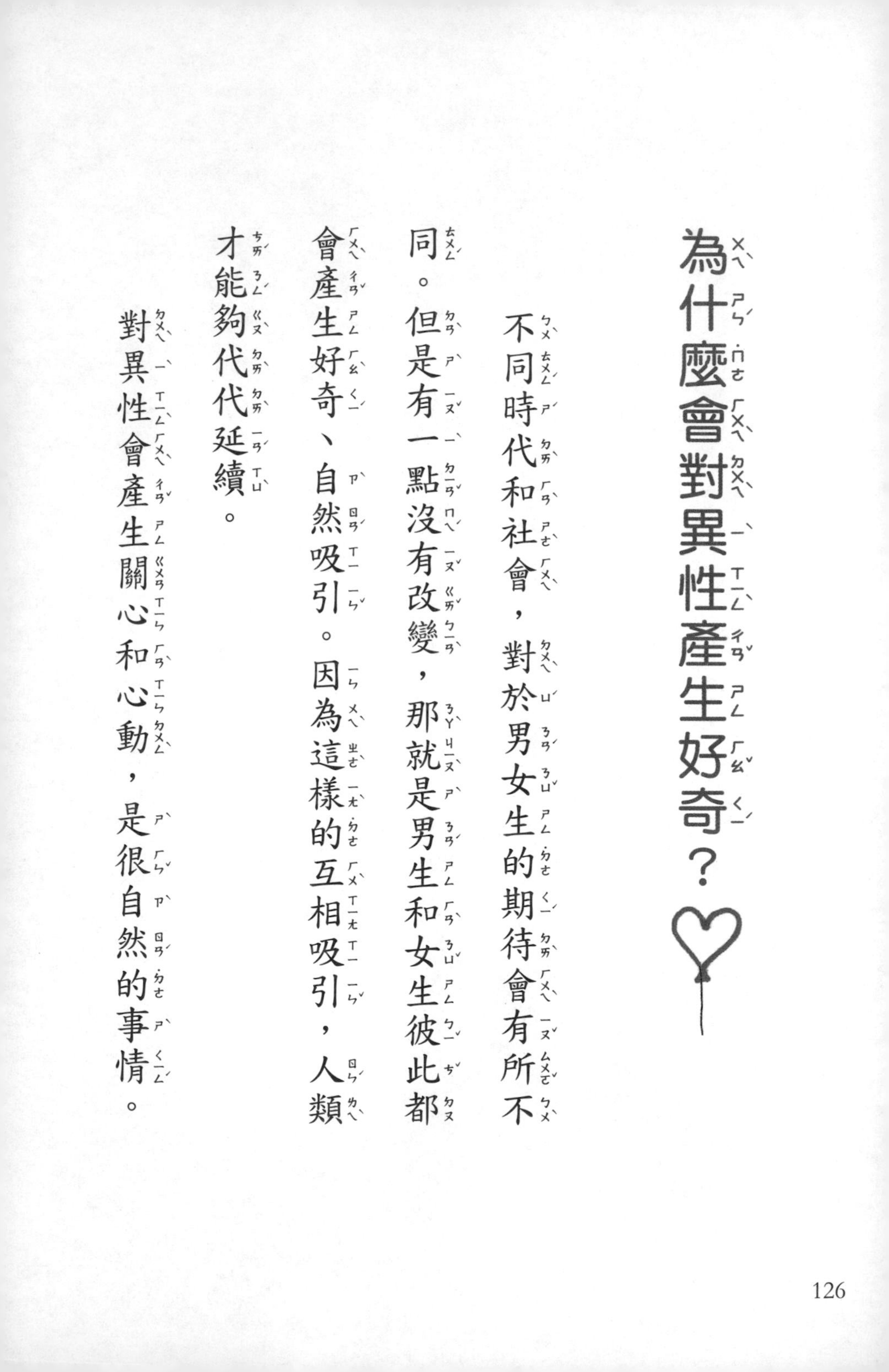

為什麼會對異性產生好奇？

不同時代和社會，對於男女生的期待會有所不同。但是有一點沒有改變，那就是男生和女生彼此都會產生好奇、自然吸引。因為這樣的互相吸引，人類才能夠代代延續。

對異性會產生關心和心動，是很自然的事情。

當我們的身體成熟之後，這種事情就像鬧鐘一樣，時間一到就開始作響，我們的體內也會發出信號。

一開始關心的對象可能是藝人或運動選手等，那些電視上常常看到的人。之後，就會慢慢地對身邊的異性朋友心動。心動之後，就一定要告白嗎？如果要告白的話，怎麼做才能顯得帥氣呢？如果被其他朋友嘲笑的話，該怎麼辦？

產生這些苦惱的原因，可能是來自於對男生和女生的刻板印象。像是男生就一定要先鼓起勇氣告白、女生不能先告白的傳統觀念，或是認為男生、女生不能做普通朋友。

如果刻意區分男女，抱著偏見或傳統觀念去認識朋友，會讓異性朋友感到不舒服或產生矛盾。

雖然面對異性朋友時的情感，跟面對同性朋友

不太相同，但是，人與人之間好好相處所需要的態度和方法，是沒有差異的。在平等關係中累積友情的話，就可以長長久久的友好相處。

性別平權是給予公平的權利

男女關係平等的觀念，在社會關係上也是如此。傳統社會中，女性常常處於不利的地位。以前的人認為女性比不上男性，社會地位就會有所侷限。如今女性的社會地位也受到尊重，因為女性一直在努力為自己找回過去被壓制住的權利。

十八世紀時的英國人瑪麗・沃斯通克拉夫特在出版的《為女權辯護》這本書中，率先主張女生應該跟男生一樣擁有受教育、參與政治和從事專業工作的權利。後來，主張女性權利的聲音在全世界擴散開來，發展成女性運動。

而在一九四七年頒布的《中華民國憲法》，也賦予我國的女性參政權，規定女性有權利選舉以及參選，過去認為女性比男性地位低下的儒家傳統思想也開始產生了變化。

如今，我們生活在一個注重兩性平等的時代，反對

男性和女性有任何一方受到不平等的待遇。

雖然目前的社會還不夠完美，但是，一定可以慢慢變成男女平等的社會。

相信在這個世界上，彼此平等的男女相遇後，會出現許多美麗、幸福的事情。

性別平等對男女生都有保障

如果希望這個世界男女平等的話，就需要法律和制度的支持，包括制定保護女性進入社會和維護權益的法律等。

性別工作平等法是規範公司或國營企業在雇用

員工時，必須給予男女相同機會的法律。不只如此，在晉升或解僱時，不可以因為女性已婚、懷

臺灣也努力實現兩性平等，在二〇〇二年公布了《性別工作平等法》（資料出處：勞動部官網）。

孕或生小孩等理由，給予不公平的待遇。

這些為了兩性平等所做的努力，看起來好像都是保障女性。那是因為過去女性的人權和工作權都沒有被確實保護。真正的兩性平等並非只為了某一個性別，兩性平等是男女都適用的平等價值。

有些人因為社會刻板的印象，遭受到不公平的對待。那些人明明能力很好，但沒有得到合理的待遇，或是被貼上負面的標籤。像是老人、少數民族、身心障礙者、低收入戶、或是生病的人，都因為錯誤的偏見遭受痛苦。他們的人生也跟我們一樣必須受到尊重，才能夠獲得幸福和希望。

第五章

放下偏見，擁抱世界！

好帥氣的老爺爺！

我跟朵兒、東東放學後，準備走路回家，這時，朵兒突然說：「我好累！不想走路，我們改去搭公車吧！」

朵兒剛說完，不等我們回答，就自己往公車站走。因為我們也很累，所以全都選擇去搭公車。在公車站牌，有許多人已經在排隊了。其中，有一個人非常顯眼，那位大叔好像沒辦法安靜的站著，一直搖頭晃腦，手也不停的扭來扭去。

「那個人看起來怪

怪的……」朵兒戳了戳我的手，緊張的說。可能是因為朵兒的聲音太大了，那位大叔馬上轉頭看了看我們這邊。

我突然感覺到非常不好意思，趕緊轉頭。

「好可怕，我要往那邊走。」朵兒說完，她馬上就走到其他位置，我更加不好意思了，頭垂得低低的。其實我內心也很害怕那位大叔會走過來。

我們等的公車來了，人們開始一窩蜂的走到公車前門。那位大叔也慢慢的往前門走，他每走一步，整個身體好像都會任意擺動。

「請慢慢的上車。」

公車司機特別確認那位大叔已經安全的走進公車內，才關上車門出發。

「司機先生人真好。」我覺得司機先生看起來很帥氣。

朵兒上公車之後發現一個空位，邊走過去邊喊：「哇！有空位。」

「那是博愛座。」東東說。

朵兒被東東提醒了，這時候，她反而更大聲的說：「但是我很累啊！」

「妳是老人嗎？」東東說。

兩人吵著吵著就玩鬧起來了，於是，我趕緊趁這個機會飛快地走到那個空位坐了下來。

「哈哈哈！我搶先了。」我故意惡作劇的大笑起來。

就在這時候，坐在我前面位置的老爺爺突然站了起來，把座位讓給我們在公車站看到的那位大叔，老爺爺輕聲的說：「來！請坐這裡。」

「沒……有……關……係。」那位大叔也在禮讓，但是他每說一個字，都需要花很長的時間，而且看起來很累。因為每次張開口的時候，他的手和肩膀都跟著一起擺動。

老爺爺最後還是把座位讓給了那位大叔，看到這個場面，我馬上站了起來說：「老爺爺，請坐這裡。」

「不用了，你們看起來也很累。跟朋友們

一起坐吧！」老爺爺溫柔的說。我們馬上讓出位置，沒有人開口要求，但我們同時那樣做了。

「沒關係，我們

馬上要下車了。」我們幾個人一起說。

因為我們堅持讓位，老爺爺就點頭說：「那我就不客氣了。」

老爺爺坐下之後，對著我們露出笑容。這時，坐在前面位置的大叔也看了看我們。雖然他沒有將情緒表現在臉上，但我相信他心裡一定在微笑。

「老爺爺，好帥氣！」我內心這樣想著。

爺爺奶奶也可以勇敢追夢

你的爺爺、奶奶是不是成天總是嘮嘮叨叨，不斷念著這邊痛、那邊也痛？他們努力工作，才把我們的爸爸媽媽培養成優秀的人，讓現在的我們可以過幸福的生活。

可是，現在的社會對年長者有許多不合理的對待，平均年齡增加後，雖然老人家的時間也變多。但現在的職場對於退休年齡的制定又有變動，造成許多原本已經達到法定退休年紀的人得繼續工作，原本可以休息的年紀，又繼續工作。等到他們真的退休時，已經是高齡了。

年長者可能行動不便，但是，這並不表示他們沒有想要做的事情。他們也可以跟年輕人一樣有好奇心，也可以做有趣的事情，度過幸福的熟齡生活。

年紀大了之後，雖然無法快速地計算或記憶，但是他們有智慧去判斷許多事情。因此，長輩的一些建議提醒並不是單純的嘮叨，而是他們歷經長久歲月，體會到的世間道理。

年長者也有在社會上找到所需，然後享受快樂的權利。我們的社會如果能對長輩多一點關懷，多一

些耐心的話，他們才能夠安穩享受老年生活。

請跟爺爺奶奶多多相處，聽他們說說以前的故事，也可以告訴他們自己今天在學校發生的事情，一起外出走走或做有趣的事情也很好。我們每一個人都會成為「老人」，讓年長者能夠幸福的生活，是大家共同的責任。

平均壽命越來越長也是問題？

史前時代，人類的平均壽命不到二十歲。古羅馬時代，能夠活到四十歲就算是長壽了。根據統計資料，臺灣人口的平均壽命從二〇一一年的七十九歲，到二〇二一年已經超過八十歲，顯示國人越來越長壽。(資料來源：內政部官網)

但問題是，平均壽命增加看起來不是年輕時間增加，而是「老年時間」增加。無事可做又行動不便的時間變長之後，還可以過著幸福人生嗎？這是高齡社會需要思考的問題。

彩色的皮膚、彩色的人種

世界上有許多人種，同時也存在著「種族偏見」，有些人認為特定的人種比其他人種更加優秀。歷史上，有許多因為種族歧視發生的悲劇。像是德國的希特勒就認為德國人是這個世界上最優秀的人種，於是殺掉了無數的猶太人。在美國，也曾把非洲黑人當成奴隸。即使現在已經有了禁止種族歧視的法律和制度，還是經常出現種族歧視的爭議事件。

心理學家曾做過研究，觀察人們會根據膚色表現出什麼態度？結果顯示，比起有色人種，白人在問路時，多數人會更加親切地回答。調查時如果同時擺出黑人和白人的照片，問哪一邊可能是犯人，或問哪一邊看起來是高學歷？結果顯示大家對白人比較有好感。

明明只是看照片，並沒有提供其他線索，為什麼會有差別？

在科學上，並沒有證據可以指出不同人種在智力、能力、犯罪上有差異。膚色和外貌特徵的差異，只是人類為了適應生活環境的結果而已。

即使真的發現人種之間存在社會能力的差異，或是有遺傳上的天生能力等，那也可能是生存環境造成的不同結果。

在臺灣，也可以看到許多膚色和長相不同的多元文化種族。會不會有人因為偏見就不公平的

對待他們呢？只因為他們的外貌長得跟我們不一樣？

如果可以看到每個人的內心，放下偏見，就會發現大家都擁有一顆溫暖的心。請先開口跟他們說話，成為朋友吧！

只有我們打開心胸，跟所有人都成為朋友時，我們生活的社會才會變得幸福。

尊重身心障礙的朋友

你在路上有看過坐輪椅，或帶著導盲犬的人嗎？這時候，你的內心怎麼想呢？是不是覺得很可憐？或是覺得很可怕呢？這兩種想法都不恰當。因為身心障礙人士是跟我們一起生活的人，我們不需要特別可憐或害怕他們。他們並不是沒有能力而處在不幸中的人，只是有點不方便而已。

就像大家有擅長和不擅長的事，身心障礙人士也有可以做得很好，或是做得不太好的事情。身心障礙人士可能做不好一般人擅長的事情，相反的，卻可以做到一般人不擅長的事情。比方說，有一種體驗是「五官體驗教育」。

試一試遮住眼睛用拐杖走路，或是通過觸摸、聞東西等各種體驗活動，你就會知道身心障礙人士多麼擅長做這些困難的事情。

看到身邊有身心障礙人士，就無條件的幫忙並不恰當，因為他們也可以做許多事情。建議大家在幫忙之

前，要先禮貌的詢問對方是否真的需要幫忙，或者是需要哪些幫忙？

有時候，直接開口問可能有點難為情。但是，比起冒然出手幫忙，先確定對方的意願再幫忙，才是更加有禮貌的行為。

身心障礙人士行動時，或許看起來很慢、很累。但是他們並非做不到，只不過跟其他人的方式有點不同而已。

我們要接受身心障礙人士是多元社會的成員之一，他們也必須受到尊重。

關心餓肚子的朋友

在小說故事裡，常常描述懶惰的人過得很窮苦，而勤勞的人最後過著富裕的生活。真實世界呢？根據主計處公布的資料，二〇二一年臺灣國民所得統計，每戶可以支配所得的差距擴大到六點一五倍。貧富差距持續擴大中。疫情衝擊之下，很多人的收入減少。也就是說，他們不是因為懶惰而不去工作，而是工作機會減少。即使有工作，收入變少，但支出沒辦法縮減的話，就會過得很窮苦。

因為貧窮而過得很辛苦的事情，並非只發生在非洲。臺灣有些經濟弱勢家庭的兒童，為了幫家裡省錢，而不吃早餐，或是將學校的營養午餐打包帶回家當晚餐。

他們不是因為戰爭或天氣惡劣缺乏糧食，而是因為家庭經濟困難或其他原因以至於挨餓。也有因為貧窮或其他原因，家庭

不得不拆散，無法跟父母一起生活的小孩子。

比起沒有錢，更讓人難過的是貧窮的孩子無法被真心理解。雖然貧窮，但並不表示他們沒有能力和才華，也不是不能夢想未來，他們跟我們一樣需要被好朋友接受。不能因為沒有錢、沒有房子，就連夢想和希望都要放棄。

先天疾病不是誰的錯！

我們身邊有些小孩從出生的時候，就罹患了具有性命危險的嚴重疾病。例如：愛滋病，也就是「後天免疫缺乏症候群」，即是這類疾病中的一種。母親的病毒通過胎盤或母奶感染了幼兒，最後變成孩子也得病。在非洲、南美、亞洲等地方，有許多兒童是愛滋病患者。

他們害怕告訴別人自己的病情，所以無法好好接受治療。他們之所以隱瞞是因為社會大眾對兒童愛滋病有偏見，認為只要接觸到愛滋病患，自己就會被傳染。

其實愛滋病不可能透過身體接觸或食物傳染，近來醫學發達，只要好好的服用藥物，就可以阻止病情惡化。即使如此，社會大眾對於愛滋病

患的想法還是沒有太大的改變。

兒童愛滋病患者不只是身體受折磨，內心也相當痛苦。因為被其他人知道自己的病情後，多數人都會選擇迴避。

請對這些朋友打開心胸吧！他們也有過得幸福的權利。

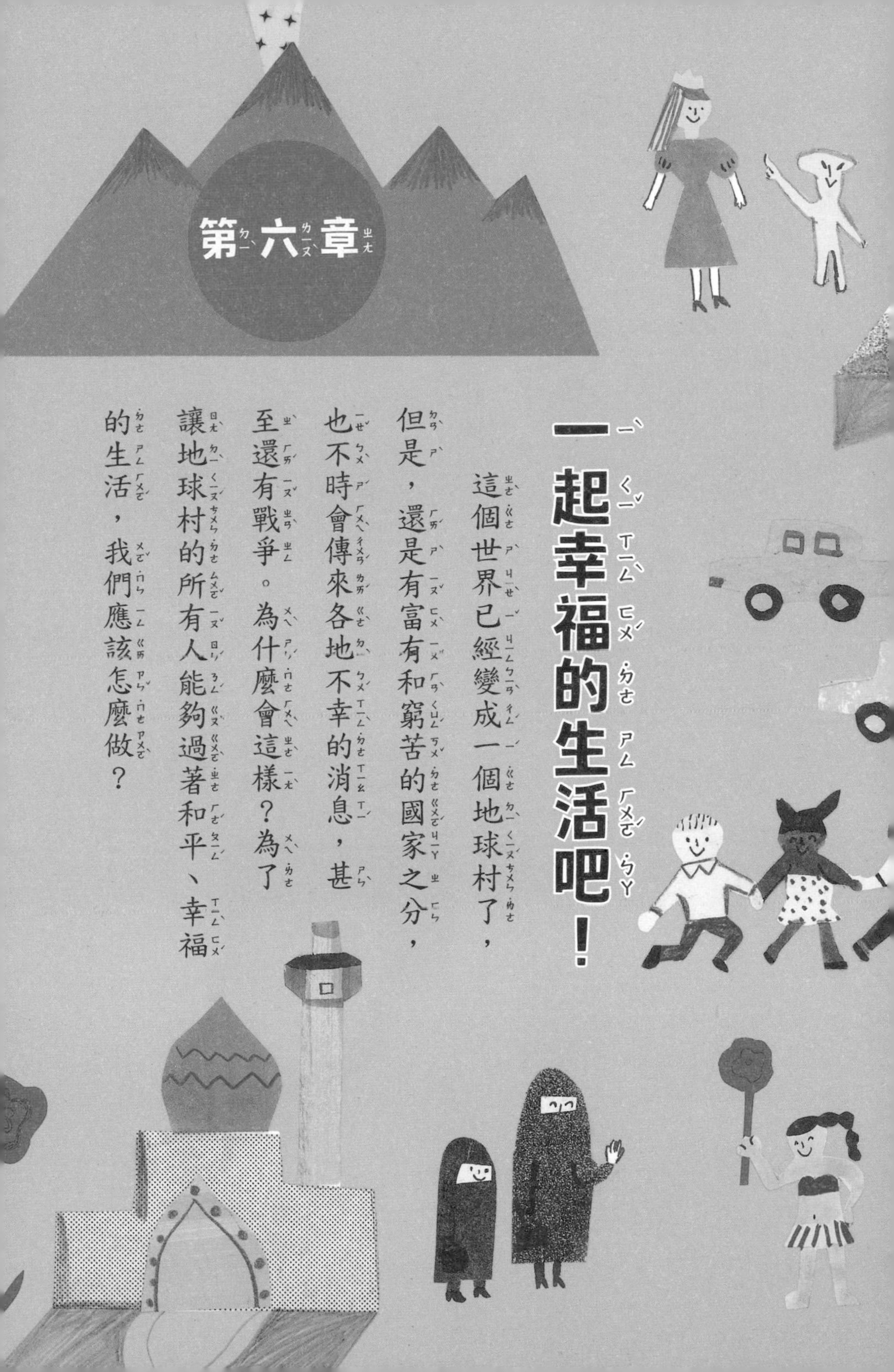

第六章

一起幸福的生活吧！

這個世界已經變成一個地球村了，但是，還是有富有和窮苦的國家之分，也不時會傳來各地不幸的消息，甚至還有戰爭。為什麼會這樣？為了讓地球村的所有人能夠過著和平、幸福的生活，我們應該怎麼做？

帶給新生兒溫暖的毛帽

上課時，老師分給我們毛線和編織針，告訴大家等到帽子織好後，會寄給非洲的小孩。

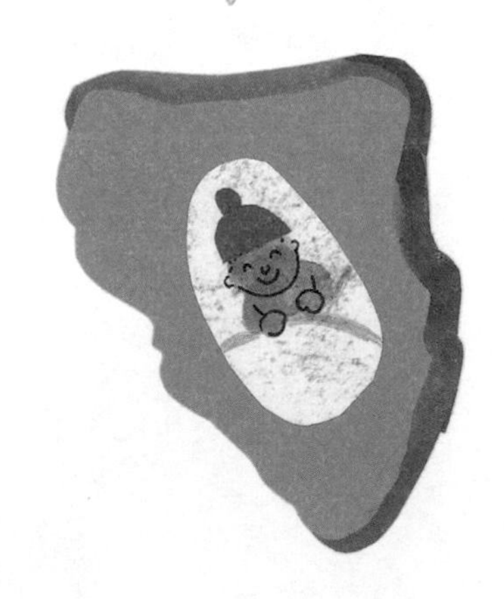

「非洲不是很熱的地方嗎？他們需要毛帽？」

「戴毛帽的話，小孩應該會太熱吧？」

同學們紛紛提出問題。其實，我也覺得很奇怪，氣候炎熱的非洲大陸為什麼需要毛帽呢？

老師開始說明：「非洲的白天雖然很熱，但是日夜溫差大。到了晚上因為氣溫下降，導致嬰兒身體失溫死亡的風險很高，或是免疫力下降後，有可能得肺炎或其他疾病。但如果有戴毛帽的話，嬰兒的體溫能夠上升兩度，毛帽可以幫助嬰兒保命。」

真的太令我吃驚了！在那麼熱的地區，居然有可能因為失溫而死亡？

「了解毛帽的用途後，大家開始來學習編織帽子吧！這個並不困難。」

老師拿起毛線，開始一針一線教大家織帽子的方法。可是，我覺得並沒有像老師說的那麼容易，不只抓住毛線很難，把毛線繞針也很難。

「好難啊！怎麼都弄不好？」我快速的前後左右看一遍。雖然也有很會織的同學，但是大多數同學都跟我一樣覺得織毛帽很困難。

「好，現在把毛線跟編織針收好，帶回家繼續織，明天再帶來學校。因為我們還要上課呢！」

第一次覺得「要上課很開心」，我鬆了口氣，馬上把毛線跟編織針放進書包內。可是，回家之後，該怎麼完成毛帽呢？

放學後，我回到家，就把毛線跟編織針拿出來放在餐桌上。一個人真的很難完成，嘆了口氣後，我決定先來寫數學作業。

「這是什麼？」

媽媽下班回家後，看到毛線跟編織針。

「這些是要織帽子用的。」

「帽子？」媽媽雙眼睜得大大的。

「聽說非洲小孩戴上毛帽就可以存活下去。」

雖然我沒有說明所有的細節，但是媽媽好像聽懂了。

「這是好事，但你可以做到嗎？」

「不行，好難啊！我在學校雖然有學過，但就是織不好。常常掉針，毛線也會打結……媽媽可以幫我嗎？」我趁機提出要求。

「不行，即使做得不好看也沒關係，但必須由你自己完成。你心裡想著非洲小孩，一針一線都很有意義。」媽媽說完就走進房間內，拿出另外一球毛線，說道：「我會跟你一起織，媽媽多織幾個，明天讓你一起帶去學校。」

我只好重新開始編織，不過，能跟媽媽一起做這件事真的是太好了！我織完一個帽子的時候，媽媽已經完成了三個。

「一頂，兩頂，三頂，太好了！我編織的帽子可以救活三個生命，真的太幸福了。」

聽完媽媽的話，我感覺內心好像暖呼呼的。

「你知道嗎？全世界每年平均有兩百萬名嬰兒剛出生就死亡了，新生兒的死亡人數更高，其中很多是因為缺乏醫療或資源。」媽媽說道。

「真的嗎？」我驚訝的說。

「是啊！我們可以救活其中四名。」

「加上其他同學的毛帽，我們可以救活更多人！」

「沒錯，我們只要稍微花點時間，戴這些毛帽的嬰兒就可以因此存活下來。」

「那麼，我要多織一個，還有毛線吧？」媽媽欣慰的看著我，我心想：「如果我能有媽媽的手藝，快速編織的話，那該有多好？」

世界是一個地球村

現在許多人會去國外旅行，飛到其他國家的航班也越來越多。不只如此，在市場上，常常可以看到進口的東西和食品，路上也會出現各個國家的料理餐廳，我們可以吃到世界各地的美食，國外的暢銷書籍也會在本地出版，有名的電影甚至還會在許多國家同時上映。

相同的，來到臺灣旅行的外國觀光客也慢慢變多，臺灣的產品和食品也會外銷到全世界，書籍也能夠進軍到其他國家，藝人也越來越國際化。

因為交通和通信發達，現在全世界的人們越來越靠近。由於航空交通的便利，一天之內，就可以到達世界上的任何地方，通過網路和衛星通信，可以隨時知道世界各地正在發生的事情。推特或臉書等平台，可以隨時隨地跟其他地區的人分享自己的故事。

過去很難想像，但現在一點都不奇怪，地球上某個地方發生的

事，瞬間就會對其他地方造成影響。

地球村的問題已經不只是一個人或一個地區的問題而已，而是全人類要一起解決的問題，整個村莊的安全和幸福，也和個人的幸福、安全有關係。

地球公民要互助合作

在地球村內，有許多事情必須互相合作。熱帶雨林的破壞、缺水、疾病、貧窮、飢餓，還有戰爭等，已經不只是某些人該改變的事情而已，現在整個地球都在受苦，「它」生病了！

亞馬遜流域的熱帶雨林如果消失，地球各地就會沙漠化，氣候也會異常。地球溫度持續上升的話，會讓南北極的冰山融化，海水上升，引發自然災害。

缺水也是很嚴重的問題，百分之二十的世界人口活在缺水的痛苦中，某個地方發生疾病也會擴散到其他地區，演變成整個地球的問題。

全球每天有超過兩萬人死於飢餓，但是先進國家卻因為大量的「剩食」傷透腦筋。為了解決這些問

題，全球各國的政府和民間團體都在努力，但是還需要更多人關心這些問題。

許多問題雖然無法馬上就解決，但我們要改變我們的意識和行為。大家雖然無法直接參與醫療或救護工作，但還是有許多可以做的事情。

在日常生活中，我們可以節約能源和保護環境，也可以將省下來的錢捐給生活困難的人，或是參加志工活動。

雖然不能保證做了這些事情之後，立刻會有什麼改變？但是我們的小小行動累積起來，未來一定可以帶來巨大的變化。

幫助弱勢沒有國界之分

聯合國的兒童基金會以及無國際醫療協會等國家級別的團體，專為遭受戰爭、自然災害、飢餓或疾病而生活辛苦的小孩提供食物和醫療等用品，還有各種緊急救援活動，並且幫忙打造衛生環境和可以受教育的學校。

停止戰爭，拿起花朵

地球村是一個生命共同體，即使如此，世界各地還是持續發生戰爭。美國和阿富汗的戰爭是由「九一一恐怖事件」引發的，敘利亞、以色列、巴基斯坦、索馬利亞等國家之間也因為紛爭而彼此殺害，到處發動暴亂。

超過數百萬名兒童在戰爭中死去，數萬名兒童變成身心障礙或罹患嚴重疾病。更駭人聽聞的，是未滿十八歲的青少年被迫成為「兒童兵」，真正走上戰場的人數已經超過數十萬人。

人類為什麼會發動戰爭？戰爭可以說是由人的慾望引發的，發動戰爭就可以搶走其他國家的領土或資源。

另外，歷史上某些大規模的殘酷戰爭，則是因為人的價值、某個民族的價值、甚至宗教或國家的價值被貶低而發生的。「敵人如此罪大惡極，我們為了和平一定要殲滅他們。」大家都抱著這樣的想法，將自己的殘酷行為

合理化。

怎麼做才能終止地球村內的戰爭呢？世界各地紛紛發起「停止戰爭，拿起花朵！」的反戰活動。

想要停止戰爭，就要控制人們內心的敵視和偏見。為了消除敵視和偏見，需要和平的對話。即使雙方意見不同，為了解決共同問題也會見面商談，在協調意見的過程中，彼此才會更加了解。

融合不同文化的新世界

成為地球村之後，我們就要跟完全不同文化的人好好相處。每年因為結婚和工作來到臺灣的外國人逐年增加中，來臺灣讀書的留學生也慢慢變多了。他們可能因為陌生的文化而感到困擾，我們又要如何學習接受這些外來文化呢？

認同和尊重每個大大小小社會獨特的文化，稱為「文化相對主義」。文化相對主義不是要用我們的眼睛去看對方的文化，而是要試著透過對方的眼睛去

看。同時，不要輕率地認為某個國家的文化，比另外一個國家優秀或低劣。

「差異」這件事本身沒有所謂的對與錯，接受多元的文化，讓地球村的所有人能根據各自的特色，好好融合在一起，才是真正幸福的世界。

參與「地球一小時」行動

每年三月最後一個星期六的晚上八點三十分開始，全世界會舉辦停電一個小時的活動，這個活動稱為「地球一小時」(Earth Hour)。

「地球一小時」是二〇〇七年從澳洲開始舉辦

的環保活動，現在這個活動已經擴展到全世界，法國艾菲爾鐵塔、紐約時代廣場、雪梨歌劇院、泰國王宮等都有參加，臺灣也參與其中。

人類過度消耗能源和資源，讓地球付出了嚴重代價，包括環境污染、氣候變遷、資源短缺等問題。在它們變得更加嚴重之前，我們必須有所改變，這個活動宣導從停電一小時開始，希望讓地球休息。

比起我們整年使用的電量，關掉電源一小時可以節省的能源，只是一小部分。「地球一小時」的真正用意，是希望從家庭

及公共建築的照明設備開始做起，逐漸擴大到更多的地方，一起做到節約能源。

更重要的是，希望在關閉電源一個小時的期間，人們內心深處可以明白如何為地球盡一份心意。因此，就從停電一小時開始愛地球吧！

知識館006

改變孩子未來的思考閱讀系列4

小學生的人際關係教室

어린이행복수업-왜사이좋게지내야해?

作者　金旻和
繪者　李高銀
譯者　劉小妮
語文審訂　張銀盛（臺灣師大國文碩士）
責任編輯　陳彩蘋
封面設計　張天薪
內文排版　李京蓉
童書行銷　張惠屏・侯宜廷・林佩琪

出版發行　采實文化事業股份有限公司
業務發行　張世明・林踏欣・林坤蓉・王貞玉
國際版權　鄒欣穎・施維真・王盈潔
印務採購　曾玉霞・謝素琴
會計行政　許俽瑀・李韶婉・張婕莛
法律顧問　第一國際法律事務所　余淑杏律師
電子信箱　acme@acmebook.com.tw
采實官網　www.acmebook.com.tw
采實臉書　www.facebook.com/acmebook01
采實童書粉絲團　https://www.facebook.com/acmestory/

ISBN　978-626-349-205-9
定價　350元
初版一刷　2023年4月
劃撥帳號　50148859
劃撥戶名　采實文化事業股份有限公司
104 台北市中山區南京東路二段 95號 9樓
電話：02-2511-9798　傳真：02-2571-3298

線上讀者回函

立即掃描 QR Code 或輸入下方網址，連結采實文化線上讀者回函，未來會不定期寄送書訊、活動消息，並有機會免費參加抽獎活動。

https://bit.ly/37oKZEa

國家圖書館出版品預行編目(CIP)資料

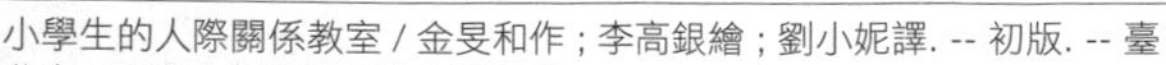
小學生的人際關係教室 / 金旻和作 ; 李高銀繪 ; 劉小妮譯. -- 初版. -- 臺北市 : 采實文化事業股份有限公司, 2023.04
面 ; 公分. -- (知識館 ; 6)(改變孩子未來的思考閱讀系列 ; 4)
譯自 : 어린이 행복 수업 : 왜 사이좋게 지내야 해?
ISBN 978-626-349-205-9(平裝)
1.CST: 人際關係 2.CST: 通俗作品
177.3　112001915

采實出版集團
ACME PUBLISHING GROUP